Armand Péan

Parcs et jardins

Antigonos

Armand Péan

Parcs et jardins

Réimpression inchangée de l'édition originale de 1878.

1ère édition 1878 | ISBN: 978-3-38662-280-6

Antigonos Verlag est une marque de Outlook Verlagsgesellschaft mbH.

Verlag (Éditeur): Outlook Verlag GmbH, Zeilweg 44, 60439 Frankfurt, Deutschland
Vertretungsberechtigt (Représentant autorisé): E. Roepke, Zeilweg 44, 60439 Frankfurt, Deutschland
Druck (Imprimerie): Libri Plureos GmbH, Friedensallee 273, 22763 Hamburg, Deutschland

PARCS

ET JARDINS

RÉSUMÉ

DES

NOTES D'UN PRATICIEN

PAR

ARMAND PÉCAN

Architecte-Paysagiste,
Membre de la Société centrale d'horticulture de France ;
Architecte des Sociétés d'horticulture de Soissons
et de Senlis, etc.

PARIS

ERNEST LEROUX, ÉDITEUR

28, RUE BONAPARTE, 28

PARCS ET JARDINS

 ous résumons ici les observations et les réflexions qui nous sont venues durant le cours d'une carrière de quinze années. — Nous n'avons pas la prétention de donner un Traité sur l'art des jardins : un tel travail, ainsi que nous le concevons, pour être mené à bien, demanderait une mise de temps et d'efforts que ne permet pas la vie des affaires. Ce n'est ici, nous le répétons, que le résumé des notes écrites en marge du carnet du praticien qui cherche à se rendre compte de ce qu'il fait. Assez rarement, en France, l'homme qui écrit sur des sujets spéciaux se trouve être ce qu'on appelle un homme du métier ; qu'on nous permette donc, une fois par hasard, de laisser le crayon et les travaux pour la plume.

Bien que l'architecture des jardins compte dans le passé des noms illustres, ce n'est guère que depuis une trentaine d'années qu'il y a des *architectes-paysagistes* ; il a fallu même créer l'appellation : la chose existait, le mot n'existait pas. La construction des jardins a pris un tel développement que l'architecte de bâtiment et le jardinier proprement dit n'ont plus suffi séparément et qu'ils ont dû, en quelque sorte, s'unir dans un seul homme, qui devait avoir, en outre, le sentiment de la nature, c'est-à-dire être *paysagiste*. Ses matériaux n'étaient plus la pierre, les marbres ou la peinture, mais des gazons, des fleurs, des arbres, des eaux et du ciel. Il devait, en combinant ces différents éléments, arriver à réaliser des effets d'ensemble et de détails déterminés d'avance, en ayant à répondre à un programme d'exigences matérielles souvent fort complexe. Ses compositions relevaient des lois du beau et de l'harmonie des proportions et des couleurs qui régissent tout art, et il lui fallait, en même temps, être quelque peu ingénieur pour établir ses chaussées, diriger et enfermer ses eaux, construire ses ponts, etc. On le voit, il y avait là, dans un autre ordre, une coordination d'idées, de sentiments et de connaissances techniques, semblable, sous plus d'un rapport, à celles de l'architecte; et nous croyons que ce titre d'*architecte-paysagiste,* qui peut paraître ambitieux, est bien justifié.

⁎
⁎ ⁎

Qu'est-ce qu'un jardin? C'est le développement *du chez soi au dehors,* si l'on veut bien nous permettre cette définition. — Parer sa demeure est certainement un instinct naturel et général chez les hommes civilisés. Aussitôt qu'on eut le sentiment de la sécurité et qu'on put s'abriter en paix avec sa famille sous un toit constituant une habitation, le désir de la compléter, en l'étendant au dehors, est venu. Planter ce terrain de choses utiles à la vie a dû être la première idée; mais disposer cette plantation dans un certain ordre et suivant certaines lignes, pour qu'elle satisfît la vue de l'habitant, a certainement dû être la seconde. — L'habitation est un autre vêtement de l'homme, a-t-on dit; comme le premier, on le souhaite beau de forme et enrichi d'ornements. Nous voyons, en effet, chaque peuple diriger ses efforts vers l'embellissement de la demeure; la maison et le jardin sont notre première ambition, et la civilisation, en se développant, ne fait que grandir ce goût de la propriété. La vie des grandes villes grandit l'amour de la nature : se créer une nature en miniature, à sa portée, sans l'aller chercher au loin, est un besoin propre à chaque cité.

N'est-il pas curieux de voir que, dans tous les arts relevant du dessin, nous obéissons d'abord au sentiment que nous avons des choses au lieu de chercher à les reproduire. — Les enfants dessinent les objets comme ils les conçoivent, et non comme ils les voient; aussi, les jardins primitifs ne furent pas une imitation de la nature, avec son désordre, ses lignes imprévues et son sol irrégulier; ce furent, au contraire, les idées abstraites de l'ordre, de la ligne droite, des plans réguliers, de la symétrie, qui présidèrent aux premières créations. Sauf chez les Chinois, qui furent très-probablement les premiers à employer la ligne courbe dans le tracé des jardins, partout nous voyons le jardin rectiligne et régulier.

Les anciennes civilisations s'étant développées dans les pays chauds, un sol humide, une exposition convenable, le voisinage d'une source furent d'abord les préoccupations qui présidèrent à l'établissement des jardins.

*

Chez les Hébreux, les jardins contenaient des arbres à fruits, des ombrages bienfaisants, des fleurs aux parfums intenses, des bassins d'eau fraîche; et souvent les Juifs venaient y remplir leurs devoirs religieux et s'y faisaient enterrer. — Les Syriens avaient aussi poussé très-loin les connaissances de l'horticulture, et nous ne pouvons passer sous silence les fameux jardins suspendus de Babylone. Bien qu'on les attribue généralement à Sémiramis, rappelons qu'on leur donne aussi pour origine l'amour d'un roi de Syrie pour une de ses femmes, née en Perse et qui regrettait les ombrages de ses montagnes natales.

Ces jardins, établis suivant des carrés concentriques dont le premier, à la base, avait cent vingt mètres de côté, s'élevaient en amphithéâtre, formant une suite de terrasses superposées. Au dessous de chacune, on avait pratiqué des galeries afin de soutenir les terres chargées des plantations. La plus élevée de ces terrasses, au pied de la dernière balustrade, avait

cinquante coudées d'élévation; les murs avaient vingt-deux
pieds d'épaisseur et la dalle qui les couronnait dix pieds de
large. Le plafond des galeries était formé par des pierres disposées comme des poutres dont les dimensions, en y compre-
nant la saillie, étaient de seize pieds de long sur quatre de
large. Par-dessus ces pierres, il y avait un lit de roseaux
mêlés d'asphalte, puis une double couche de briques cuites,
liées avec du mortier; enfin, un revêtement en lames de
plomb pour empêcher l'humidité de pénétrer dans les galeries.
L'épaisseur de terre végétale était suffisante pour nourrir des
arbres de cinquante pieds de hauteur, et ce sol artificiel était
peuplé de plantes de tous les pays. C'était une petite forêt de
douze étages. Les galeries recevant la lumière du côté où
chacune d'elles dominait la terrasse inférieure renfermaient
les appartements royaux et des salles contenant les machines
qui élevaient l'eau de l'Euphrate, sans que rien fût apparent à
l'extérieur. Le sol de ces terrasses était drainé de façon à y
entretenir une verdure perpétuelle.

Citons les jardins d'Antioche établis sur une montagne de
sept cents pieds de haut existant dans l'intérieur de la ville.
— Ces jardins devaient être quelque chose comme ce que nous
avons réalisé aux Buttes-Chaumont, en tirant parti des accidents d'un sol tourmenté. Il y avait des roches à pics, des
torrents, des ravins, des cascades et, mêlé à cette âpre décoration, d'épais fourrés de myrtes, de buis, de lauriers, et autres
plantes vertes; les rochers étaient tapissées d'œillets, de jacin-
thes et de cyclamens, etc.

En Égypte, les jardins devant être fertilisés par le Nil
étaient plats, généralement de forme rectangulaire, enclos par
une palissade de bois; un côté appuyé au Nil ou à quelques-
uns de ses canaux; une rangée d'arbres taillés en cônes entre
le fleuve et la palissade et une large allée de palmiers régnant
autour des quatre faces. Le carré central était coupé par deux
autres allées; des pièces d'eau, dans les compartiments ainsi
formés étaient entourées de fleurs; enfin, au milieu du jardin,
était une tonnelle en treilles, et, vers le fond, entre le berceau
et la grande allée, s'élevait un kiosque de repos à plusieurs

chambres. — Rappelons qu'on a trouvé une mosaïque égyptienne représentant ce qu'on nomme aujourd'hui un jardin anglais. Mais, nous l'avons dit, il est beaucoup plus certain de faire remonter le style irrégulier aux Chinois, il est bien plus dans les ressources du génie particulier de ce peuple.

Les jardins chinois, certes, manquent d'unité de conception ; c'est un composé de détails ingénieux, agencés avec plus de fantaisie que de goût : des chemins de toutes courbures s'entre-croisent autour de monticules artificiels ; les eaux y serpentent en tout sens et se réunissent en de petits lacs, très-contournés, sur lesquels sont des îles flottantes, les unes couvertes de végétation, les autres tenant lieu de ponts et formant des espèces de gués mobiles. Comme les Chinois aiment peu la marche, ils réservent partout des lieux de repos, dont chacun a son point de vue, sa pièce d'eau et souvent sa bibliothèque. On y trouve aussi des serres, des volières, des ménageries et une grande profusion de pyramides, de portiques, de kiosques et de *fabriques* de toutes sortes. Les jardins du Palais d'été, avant qu'ils fussent détruits par les armées anglo-françaises victorieuses, étaient un ensemble réellement merveilleux de palais, de kiosques, d'édicules, de pièces d'eau, de rochers, de collines et de vallées artificielles.

Le jardin grec était peu varié ; l'espace faisait défaut et le sol aride de l'Attique ne permettait guère que des quinconces de platanes, d'ormes et de figuiers.

Les Romains développèrent davantage l'art des jardins ; ils disposaient, il est vrai, d'un bien petit nombre de fleurs et de plantes ornementales, mais la vie de luxe qui se développa avec les empereurs peupla les faubourgs de Rome de villas, dans lesquelles le faste et la somptuosité du cadre architectural rachetait l'uniformité de la végétation. Il y avait loin du modeste verger et du simple potager dont parle Homère aux splendides jardins de la villa Adriani et de ceux de Salluste, au mont Quirinal. — Les jardiniers étaient d'ailleurs fort estimés à Rome, — c'était le plus souvent des soldats gaulois ou ibériens. Les jardins de l'ancienne Rome étaient réguliers, mais non symétriques ; ils se composaient, en général, de parterres compris entre de longues allées d'arbres, de terrasses aux larges escaliers de marbre, de bosquets ombreux; souvent, une partie circulaire était réservée aux exercices équestres. Les ifs et les buis taillés en figures en faisaient le principal ornement.

Le moyen âge, avec sa vie de lutte, ne pouvait donner qu'un médiocre développement aux jardins qui devaient forcément être enfermés dans les murs crénelés. Aussi le peu d'espace fit remplacer les arbres d'ornement par les arbres fruitiers qui meublèrent de simples rectangles, divisés eux-mêmes en carrés plantés d'arbres ou de fleurs, qu'on raccordait quelquefois par de modestes ronds-points.

Avec la Renaissance, le faste revint; ce ne fut en réalité qu'un somptueux retour aux jardins de la Rome des Césars. La majesté des lignes, l'architecture commandant à la végétation, partout la nature asservie à l'art. Comme dans les anciennes villas, ce ne sont qu'arbres verts taillés en formes bizarres, que jets d'eau invisibles venant surprendre le promeneur, que statues et balustrades. Le marbre joue ici le premier rôle, la verdure n'est plus que le fond du décor, l'intérêt est tout dans les accessoires.

Les jardins du xviᵉ siècle, en France, ouvrent brillamment la grande époque qui suivra. Le parc de Folembray avait une lieue de tour. Montargis, Beauregard, Valéry étaient de beaux spécimens d'un genre assez froid, mais d'un haut style. Blois avec ses riches parterres entourés de vignes et de coudriers et sa longue avenue d'ormes sur quatre rangs allant jusqu'à la forêt; Fontainebleau avec son vaste étang, soutenu par sa large chaussée plantée d'ormes; le premier parc de Chantilly, et surtout les magnifiques jardins de Rueil, toutes ces superbes résidences aux parterres brodés et aux belles orangeries, les premières en France, préparèrent le terrain aux splendeurs qu'allait créer Le Nôtre, qui ne devait plus compter avec aucun obstacle, le maître pour lequel il allait travailler s'appelant Louis XIV.

Le grand ouvrage qui ouvrit la carrière de Le Nôtre fut le parc de Fouquet, à Vaux. L'aménagement de ces 800 arpents coupés de parterres, de bosquets et d'eaux vives, coûta 18 millions; c'était, on le voit, une préface digne de Versailles.

C'est ici le triomphe du style régulier. Versailles est le dernier mot d'un art qui désormais portera notre nom national. Après une telle œuvre, on ne peut plus que décroître. L'Europe entière voulut avoir un raccourci de cette merveille destinée à rester unique. L'Angleterre demanda à Le Nôtre les plans de Greenwich et de Saint-James; elle nous empruntait notre jardinier avant, qu'à notre tour, nous lui fissions l'honneur de joindre son nom au style paysager dont Addison, le poète Pope et Kent furent les promoteurs.

On sait comment Louis XIV, fatigué de Versailles, demanda Trianon à Le Nôtre et comment, de Trianon, il en vint à désirer Marly, la plus belle œuvre, sans contredit, du xviie siècle après Versailles.

Mentionnons aussi Chantilly, transformé par le grand maître. De ce parc, il faut citer sa superbe orangerie, sa galerie des vases et des trente arcades, son vertugadin ou amphithéâtre vert, son île des Jeux, son potager à trois étages et enfin son canal de 3,000 mètres de longueur sur 80 de large, avec ses cascades, véritables merveilles hydrauliques.

Pour en finir avec le style régulier, disons un mot des jardins persans, qui ont un caractère véritablement à part. Ils se composent, en général, d'une grande allée droite, bordée de platanes, dont un bassin occupe le milieu; l'allée est flanquée de deux autres bassins de plus petite dimension et l'espace libre entre les bassins est plein de fleurs. Cette simplicité de conception se rachète par la variété éblouissante des arbres et des plantes décoratives. — La grande allée d'Ispahan a plus de 3,000 mètres de longueur et débouche dans un parc d'une étendue de 1,000 arpents.

C'est le xviiie siècle, en Angleterre, qui devait voir s'accomplir la transformation des parcs et jardins. Ce fut une véritable réaction contre le style régulier. On n'en conserva rien. Le nouveau genre ne voulait que la nature; la surprendre dans ses effets riants et pittoresques, là se bornait son programme, auquel malheureusement vint s'ajouter bien vite l'afféterie des détails. Kent, que les Anglais opposent à Le Nôtre, porta son art au plus haut point, chez nos voisins, dans le parc de Stowe, dans le Buckinghamshire, regardé comme le modèle du style anglais. La fin du xviii siècle, en France, eut aussi ses créations dans le style paysager : le petit Trianon, le parc d'Ermenonville et de Mortefontaine, méritent d'être mentionnés. En Allemagne, on maria le style régulier avec le genre paysager et l'on obtint des compositions mixtes qui semblent avoir eu depuis lors quelques partisans en Angleterre et en Amérique.

*
* *

Le jardin paysager, il faut le reconnaître, répond admirablement aux exigences de la vie moderne, à la division inégale de la propriété et des fortunes. L'habitation, dans toutes les parties intérieures et extérieures, se moule, en effet, sur nos habitudes. Rechercher ce qu'elles sont devra nous éclairer sur ce que nos demeures doivent être.

Dans l'ancienne société, les grands seigneurs possédaient des terres immenses, au milieu desquelles ils vivaient presque en rois, ayant à se préoccuper autant du prestige moral qu'ils exerçaient que des rapports matériels qu'ils avaient avec les populations qui les entouraient et qui leur étaient en quelque sorte subordonnées. Leur domesticité demandait des corps de bâtiments spéciaux; l'ensemble du service, se passant en dehors d'eux, devait être écarté et parqué pour ainsi dire hors de la propriété. Le château avait surtout à répondre à des exigences de réception qui passaient avant la commodité de la vie personnelle. Les jardins et leurs parcs attenant n'avaient pas à compter avec le terrain, puisqu'il ne s'agissait que de prélever les parties désirées sur ses propres domaines. La propriété étant héréditaire, pour l'aîné seulement, n'avait pas l'inquiétude du morcellement des héritages; en édifiant pour soi, on savait qu'on faisait œuvre d'avenir, qui serait développée et embellie par son descendant. De telles conditions d'existence devaient naturellement engendrer ces grandes et magnifiques créations, telles que les virent éclore les siècles derniers.

Tous les plans, ayant à répondre à peu près au même programme, offrent presque les mêmes dispositions : c'est toujours une grande avenue d'ormes aboutissant à une cour d'honneur, de chaque côté de laquelle sont les communs ou dépendances devant abriter et masquer l'ensemble du service. Au fond de cette cour régulière s'élève le château, puis se déroulent les jardins et le parc. Dans l'axe du château une percée principale; à droite et à gauche, se groupent les massifs de grands arbres, ombrageant les bosquets, où l'art et la fantaisie du décorateur pouvaient s'ouvrir une libre carrière. Les parterres avec leurs pièces d'eau s'étendent devant le château, bien plus faits pour la vue de l'intérieur que pour la promenade. Les lointaines perspectives étaient peu recherchées, le champ dont on disposait étant assez vaste pour avoir de quoi se satisfaire dans les premiers plans.

Aujourd'hui, rien de semblable. A part les nobles et les vieilles familles qui gardent encore les traditions, la fortune appartient à ceux qui ont travaillé pour l'acquérir ou qui, jouissant déjà du fruit de leurs œuvres, n'en continuent pas moins leur carrière industrieuse. Aussi la plupart des grandes propriétés sont-elles, actuellement, entre les mains, ou du gentilhomme vivant au milieu des biens qu'il fait valoir sous ses yeux, ou du riche industriel que l'usine retient loin de Paris, et qui préfère la vie de château à la vie de province, imposée par sa présence nécessaire auprès de son exploitation, ou enfin, de ceux qui vivent de la vie de luxe dans toute l'acception du mot, et qui n'habitent leur propriété que quelques mois de l'année, lui donnant ce qui reste de la belle saison entre les bains de mer et le voyage.

Examinons les programmes que dictent ces façons différentes de vivre. Ceux qui résident à la campagne, parce qu'ils s'intéressent à la vie rurale, ou qui y sont retenus par des nécessités industrielles, voudront trouver dans leur demeure tout le confort de la ville. En plus, ils demanderont à leur jardin d'être plus que le cadre de leurs loisirs ; il faudra qu'il soit gai et salubre en toute saison et une véritable mine de distractions de toutes sortes. Il sera, en échange, aimé, soigné et paré comme un être vivant ; c'est sur lui qu'on comptera pour rendre agréable l'hospitalité de longue durée, offerte aux intimes. En un mot, il faudra que l'architecte-paysagiste soit pénétré de la nécessité où il est de satisfaire non-seulement à des besoins matériels, mais encore aux désirs de la vie morale, qui exige le plus de variété possible dans ce qu'on pourrait appeler les parties accessoires, pour rendre faciles les distractions indispensables à un séjour permanent à la campagne.

Dans une telle propriété nous mettrons donc les communs à portée du château pour que le service soit rapide, commode et fasse du mouvement autour de l'habitation. Les potagers, les jardins fruitiers, les vergers devront recevoir un grand développement et être traités avec un certain luxe, devant devenir une source d'observations intéressantes pour le propriétaire. Les abris des animaux : écuries, vacherie, chenil, poulailler, faisanderie, pigeonnier demanderont des accès faciles, des constructions d'aspects variés et agréables, et des conditions exceptionnelles de propreté ; il faut que tout *cet utile* devienne de l'agréable. Nous apporterons le plus grand soin dans le choix de l'essence des plantations, en vue de donner de la verdure toute l'année; de même pour les fleurs, qui devront se succéder pendant toutes les saisons et devenir, pour ainsi dire, familières, sans se contenter d'être un simple motif de décoration. Les serres, le jardin d'hiver appelleront toute notre attention. Des salles vertes pour jeux de tout espèce pour la gymnastique, et pour l'équitation, devront être placées avec art, en tenant compte des goûts et des besoins de tous les âges. Les kiosques et abris élégant, à l'intérieur, habilement placés pour faire points de vue, se préoccupant de leur exposition par rapport aux écarts de température, qui font autant rechercher le soleil l'hiver autant qu'on le fuyait l'été. Les pièces d'eau seront poissonneuses, s'il est possible, assez profondes pour les promenades en bateau ; il faudra aussi y réserver un endroit écarté et abrité pour le bain. Les eaux devront, en outre, être assez loin de l'habitation pour ne compromettre aucune des exigences de l'hygiène. Les parties en forêt seront savamment aménagées pour la chasse.

En un mot, ce n'est que par l'analyse de la vie de tous les jours, des mœurs, des habitudes, et même du caractère des habitants, que nous arriverons à cerner le problème d'assez près pour le résoudre à la satisfaction de ceux qui soumettront à l'épreuve de la vie quotidienne l'œuvre qui résultera de sa plus ou moins bonne solution.

Pour la propriété purement d'agrément, destinée à ne posséder ses hôtes que durant quelques mois, les données se simplifient, s'élargissent et s'élèvent. — Faite surtout pour le plaisir des yeux, son tracé et ses mouvements de terrain, sa décoration végétale, ses rocailles et ses effets d'eau, ses perspectives seront les points principaux sur lesquels il faudra porter ses efforts. Le propriétaire viendra lui demander le repos de la ville : il faudra que la nature, sans cesser d'être elle-même, lui fasse fête et mette en jeu ses plus brillants effets.

Pour satisfaire à un tel programme le paysagiste devra faire appel à toute la richesse de son imagination et de ses connaissances. Il est plus facile, en pareil cas, de dire ce qu'il y a à éviter que ce qu'il y a à faire. Les conditions du beau sont multiples en matière de jardin comme en tout autre art. Tout dépend des lieux à décorer. Relier la propriété à l'ensemble du paysage, la faire participer du caractère du pays où l'on se trouve, est le premier principe auquel doit obéir l'architecte-paysagiste. Il lui faut donc d'abord un beau site. Bien rarement c'est lui qui le choisit; il doit se contenter de ce qu'on lui donne, fort heureux quand tout n'est pas déjà compromis par des travaux préalables, accomplis sans vue d'ensemble et sans aucune connaissance spéciale du sujet. — Si, cependant, nous avions à nous prononcer sur le choix d'un site, après l'avoir demandé salubre, propre au développement de la végétation, à proximité d'une station de chemin de fer, d'un cours d'eau, d'un centre habité, etc., nous désirerions un terrain accidenté, se rattachant aux mouvements généraux du sol du pays environnant. La rencontre de deux ou de plusieurs vallées nous paraît être la situation la plus enviable, surtout si on peut s'y placer en s'abritant des grands vents d'ouest, si désagréables et si désastreux dans nos contrées.

La forme du périmètre n'est pas indifférente non plus. Ce serait une erreur de croire qu'un terrain rectangulaire, sans enclave ni saillie soit le plus avantageux. La nécessité rend ingénieux, et bien souvent des obstacles sont la source d'effets que, sans eux, on n'eût pas trouvés. L'emplacement de l'habitation est des plus importants. Quand nous en avons le choix, ce qui arrive encore malheureusement bien rarement, nous demandons qu'on la construise autant que possible sur un plateau ou terre-plein abrité des grands vents et dominant les fonds, aux abords faciles, et assez proche de la route d'accès. Trop au centre de la propriété, l'habitation n'a que des perspectives restreintes et le jardin paraît plus petit. Nous tournons de préférence la façade principale vers le nord-est, et, autant que faire se peut, normalement à la vue principale.

Sous le rapport des dispositions générales, nous dirons qu'il ne s'agit dans un jardin ni d'imiter ni de refaire la nature, mais d'en tirer parti. Bien se rendre compte de ce qu'elle est dans le pays où l'on opère, des transformations qu'elle peut comporter, et ne rien faire qui soit en contradiction avec elle. Par exemple, dans des terrains rocheux ou sablonneux, les eaux en s'étendant n'affecteront pas les mêmes formes que celles qu'elles prendraient dans un pays argileux. Là, elles seront déchiquetées; ici, elles se répandront suivant des lignes molles et arrondies. Nous tiendrons donc compte de ces observations dans le tracé des pièces d'eau. Pour nos rivières, nous savons que les cours d'eau dans les tournants rongent leurs rives extérieures s'ils n'y rencontrent pas d'obstacles insurmontables; nous aurons donc soin d'en renfler les contours de ce côté. Pour les rocailles artificielles, nous en sommes, en général, très-sobre, à plus forte raison les éviterons-nous dans les terrains qui ne les justifient pas. Pour nos vallonnements, nous les disposerons d'après des mouvements d'ensemble et non par pelouses, comme on le fait trop souvent. Pour le tracé des allées nous tâcherons qu'elles se développent en courbes larges et continues, les motivant, en leur assignant toujours un point à desservir. Leur largeur sera subordonnée à leur importance, et nous ferons en sorte qu'il n'y ait pas d'hésitation possible dans le chemin qu'on doit suivre pour se rendre à un but déterminé. Autant que possible, il faut que la promenade se fasse obliquement par rapport aux vues principales, de façon que le paysage se transforme constamment. Nous éviterons les contre-courbes, ou nous les masquerons par des massifs ou des obstacles de façon d'empêcher la vue de les enfiler, ce qui est d'un effet fâcheux. Nous meublerons les rencontres d'allées; nous disposerons les corbeilles, les plantes rares, les conifères vers les lignes de vue et autour de l'habitation. Nous nous rapprocherons, autant que possible, des formes elliptiques et des triangles curvilignes pour nos pièces de gazon, qui sont les formes les plus gracieuses. Nous tiendrons les allées un peu en contre-bas pour tâcher de les dissimuler le plus possible; nous éviterons de trop découper en desservissant assez, etc., etc. Tous ces principes ne sont que l'expression du bon sens et de l'observation et ont d'ailleurs été formulés en d'excellents termes par des maîtres de notre art[1]. Aujourd'hui, la difficulté n'est pas de les connaître, mais de les pratiquer et de les combiner entre eux en vue de l'ensemble. Bien souvent on a à opter entre les sacrifices qu'on doit faire aux uns pour le profit des autres. La décision de ces *fautes nécessaires* pour le bien de l'œuvre générale est ce qui coûte le plus, arrête le plus longtemps et exige le plus de discernement.

*
* *

Avant de parler de quelques-unes des applications qu'il nous a été donné de faire des idées que nous tâchons de grouper ici, qu'on nous permette de dire quelques mots des moyens techniques employés pour arriver à la réalisation de nos parcs et jardins.

La base de toutes les opérations est un bon plan des lieux et un nivellement exact.

Sur le plan, nous relatons soigneusement les parties à

---

1. Ce que nous connaissons de plus concis et de plus substantiel sur le sujet est l'excellent mémoire de M. J. Darcel, le savant ingénieur en chef qui a dirigé la plupart des créations de la ville de Paris, pendant les vingt dernières années. (*Annales des ponts et chaussées*, 1875).

conserver s'il y a lieu, les points de vue intéressants et les arbres à ménager, qui seront la richesse de l'œuvre future. Si le terrain est tourmenté, nous en faisons le nivellement suivant un *quadrillé* qui nous permettra d'avoir des profils en long et en travers et de tracer, s'il est nécessaire, ce qu'on appelle des courbes de niveau. Après avoir indiqué, sur ce premier travail, l'emplacement de l'habitation arrêté sur le terrain, ses cotes de seuil, ainsi que celles des sources qu'il s'agira de réunir, ou des cours d'eau qui devront nous alimenter, nous commencerons l'étude graphique de notre projet. Esquissant d'abord la conception d'ensemble, la modifiant ensuite suivant les obstacles que l'état existant lui oppose, nous la plierons, nous l'adapterons aux formes possibles à donner au terrain. Les pentes de nos allées, leurs raccordements avec les vallonnements des lignes de vue, l'écoulement des eaux, l'équilibre des déblais et des remblais, l'économie des terrassements, etc., seront autant d'ennemis qui viendront battre en brèche notre conception première, à laquelle souvent on est trop attaché, on ne sait pourquoi. Enfin, quand, à force de modifications, de retouches et d'esquisses successives, nous serons arrivé à nous satisfaire, au moins dans la configuration générale à donner au projet, nous procéderons à un devis préalable et, après avoir tout prévu, tout arrêté, tout parfait et obtenu l'approbation du propriétaire, qu'on ne saurait trop consulter dans ces matières délicates, nous passerons au piquetage. Là, bien des surprises nous attendent : ce qu'on croyait facile devient quelquefois problème à résoudre ; mais, par contre, on trouve aussi des effets imprévus à réaliser.

Une fois que les piquets du tracé et du nivellement ont reporté sur le sol le projet fixé sur le papier, on procède aux gros terrassements. Le modeste cadre de cette notice ne nous permet pas d'entrer dans le détail de cette importante opération. Notre but n'est pas d'initier à la connaissance des travaux, mais de faire suivre au lecteur les phases successives par lesquelles passe un jardin. — Les terres végétales étant nécessaires à la surface, on a soin de ne pas les enfouir sous les remblais. Mises d'abord à part sur plusieurs points convenablement déterminés, on les répartit ensuite sur les pelouses et massifs. Une épaisseur de o^m,5o centimètres est suffisante pour les pelouses et de o^m,8o à 1 mètre est nécessaire pour les massifs. La difficulté ne repose ici que sur l'économie de main-d'œuvre ; les fausses manœuvres étant ruineuses pour le propriétaire et l'entrepreneur. Sur le parcours des allées, on remplace les terres arables par des pierres et pierrailles, afin de leur faire une forme perméable, propre à l'absorption des eaux.

La surface du jardin étant définitivement dressée dans son ensemble, les allées rectifiées, les massifs, les corbeilles et les arbres isolés, suffisamment pourvus des terres propices à la végétation de chaque espèce, on fera les semis, et on attendra les époques convenables pour les plantations. On vérifiera une dernière fois les lignes de vue, en ayant soin d'en proportionner la largeur à l'étendue. Enfin, quand tout sera terminé, chaque partie du travail à son ordre : les gros terrassements d'abord, les travaux auxiliaires, les maçonneries de rocaille et autres ; le bétonnage des pièces d'eau et rivières ensuite ; l'établissement des ponts, les vallonnements après ; les labours, les semis, et enfin les plantations, on terminera les allées carrossables et sablées qui achèveront l'œuvre ; la nature fera le reste.

Une des tristesses des travaux de jardinage, c'est que le moment de leur réception est le moins heureux pour en juger, en ce sens que le propriétaire éprouve presque toujours, sinon une déception, du moins peu de satisfaction en ne voyant qu'une végétation forcément chétive, toute en promesse, fatiguée par la transplantation et ne laissant presque rien deviner des effets annoncés. Ce n'est guère qu'après trois ou quatre ans qu'on reçoit la récompense de ses sacrifices et de ses efforts : heureusement, que, le plus souvent, les propriétés renferment de vieux arbres qui aident à attendre patiemment l'effet général.

Nous n'avons encore rien dit de la décoration végétale, les
plantes, les arbustes et les arbres avec leur couleur et leur
feuillage d'aspects différents, constituent une véritable palette
pour l'architecte-paysagites ; palette qu'il ne peut malheureusement pas toujours employer à son gré, la nature du sol et les
conditions atmosphériques de chaque contrée obligeant à des
concessions, à des modifications, à des compromis incessants. En
ce qui nous concerne, voici, pour le climat de Paris, une liste
des principaux arbres et arbustes que nous employons de préférence :

Acers (érables).
— negundo foliis variegatis.
—· pensylvanicum.
— pseudo platanus (sycomore).
Æsculus hippocastanum (marronnier).
— flore pleno.
— rubiconda.
Ailantus glandulosa (verni du Japon).
Alnus cordifolia.
Betula laciniata (bouleau).
— purpurea.
Broussonetia (mûrier).
Carpinus betulus (charme).
Catalpa.
Castanea vesca (châtaignier).
Celtis australis (micorcoulie).
Cerasus flore pleno (cerisier).
— nualeb.
Cercis siliquastrum (arbre de Judée).
Cratægus azeroleus (épine azerolier).
— coralina.
— crux galli.
— roseo pleno.
— punicea.
Cytisus Laburnum (Cytis faux ébénier).
— adami.
— Alpinus.
Fagus asplenifolia (hêtre).
— purpurea.
Fraxinus (frêne).

Gleditschia orientalis ferox (fevier).
— Triacanthos.
Gymnocladus canadensis (bon duc).
Hippophæ rhamnoïdes (argousier).
Juglans nigra (noyer).
Liriodendron tulipifera (tulipier).
Magnolia gallissoniensis (feuilles persis-
tantes).
— Yulan.
— Lenné.
— de Soulange.
Malus Baccata (pommier).
Paulownia imperialis.
Pavia discolor.
Platanus orientalis (platane).
— laciniata.
Populus alba (peuplier).
— fastigiata italica.
— angulata.
— oritariensis.
Quercus fastigiota (chêne).
Rhus copalina (sumac).
Robinia decaisneana.
Salix alba (saule).
— babylonica femina.
Sophora japonica.
— pendula.
Sorbus aucuparia.
— domestica.
Tamarix africana.

Tilli argentea (tilleul).
— platiphylla.

—

Althea.
Amorpha.
Aralia spinosa.
Berberis.
Ceanothus.
Chamœrerasus.
Colutea.
Cornus.
Coronilla.
Corylus (noisetier).
Cotoneaster.
Cratægus.
Cytisus.
Deutzia.
Eleagnus.
Evonimus.
Forsytia.
Genista.
Hibiscus.
Hypericum.
Indigofera.
Kerria.
Leycesteria.
Ligustrum.
Pænia.
Philadelphus (seringa).
Rhus cotinus.
Ribes.
Rosiers (le genre).
Sambucus (sureau).
Spartium (genet).
Spirea.
Staphylea.
Symphoricarpos.
Syringa (lilas).
Tamarin.
Viburnum.
Weigelia.

ARBUSTES A FEUILLES PERSISTANTES.

Aucuba.
Baccharis (lalimifolia).
Berberis (épine vinette).

Budleya.
Buplevrum.
Buxus.
Ceanothus.
Cotoneaster.
Cratægus pyracantha.
Daphne.
Eleagnus.
Evonimus (fusain).
Genista alba.
Hedera.
Ilex (houx).
Laurus (laurier).
Ligustrum (Troëne).
Mahonia.
Philyrea.
Rhamnus alaternus.
Rosmarinus.
Ruscus.
Yucca.

ARBUSTES EXIGEANT LA TERRE DE BRUYÈRE.

Azalea.
Kalmia.
Rhododendron.

ARBUSTES SARMENTEUX ET GRIMPANTS

Aristolochia (Aristoloche).
Bignonia.
Clematis.
Glycine.
Hedera (lierre).
Jasminum.
Lonicera (chèvrefeuille.)
Vigne-vierge.
Rosiers.

CONIFÈRES.

Abies balsamea.
— cephalonica.
— cœtuba.
— cilicica.
— exelsa (epicea).
—   — pyramidalis.
— fraseri.

— grandis (lasiocarpra).
— morinda.
— nordmaniana,
— pinsapo.
— tsuga canadensis.
— — douglasii.
Araucaria imbricata.
Cedrus libani.
— atlantica.
— deodara.
Cephalotaxus drupacea.
Cryptomeria elegans.
Cupressus lawsoniana.
Guniperus virginiana.
Larix eurefrea (mélèze).
Pinus Austriaca.
— exelsa.

Pinus Halpensis.
— maritima.
— strobus.
Podocarpus coreiana.
Retinospora.
Salisburia Adiantifolia.
Sciadopytis verticilata
Tuxodium disticum (cyprè chauve).
Taxus baccata (if).
— aurea.
— erecta.
— hibernica.
Thuia lobbii.
Thuiopsis dolobrata.
Torreya myristica.
Welingtonia gigantea.

Passons maintenant à l'examen de quelques-uns des projets importants qui nous ont été confiés. C'est par l'analyse de l'état primitif comparé aux résultats obtenus, qu'on peut se rendre compte de l'importance des difficultés vaincues et voir quelle distance sépare les théories générales de leur application.

PLANCHE I.

SOCIÉTÉ D'HORTICULTURE DE SOISSONS

(AISNE)

JARDIN MODÈLE D'EXPÉRIENCE.

LÉGENDE

A. Entrée principale.
B. Emplacement réservé pour un kiosque.
C. Rond-point pour la musique.
D. Hangar pour resserre.
E. Jardin fleuriste.
F. Pépinière.
G. Passerelle en fer forgé.

Ce jardin, d'une contenance d'environ deux hectares et demi, sans compter ses annexes, a d'abord été établi, en 1869,

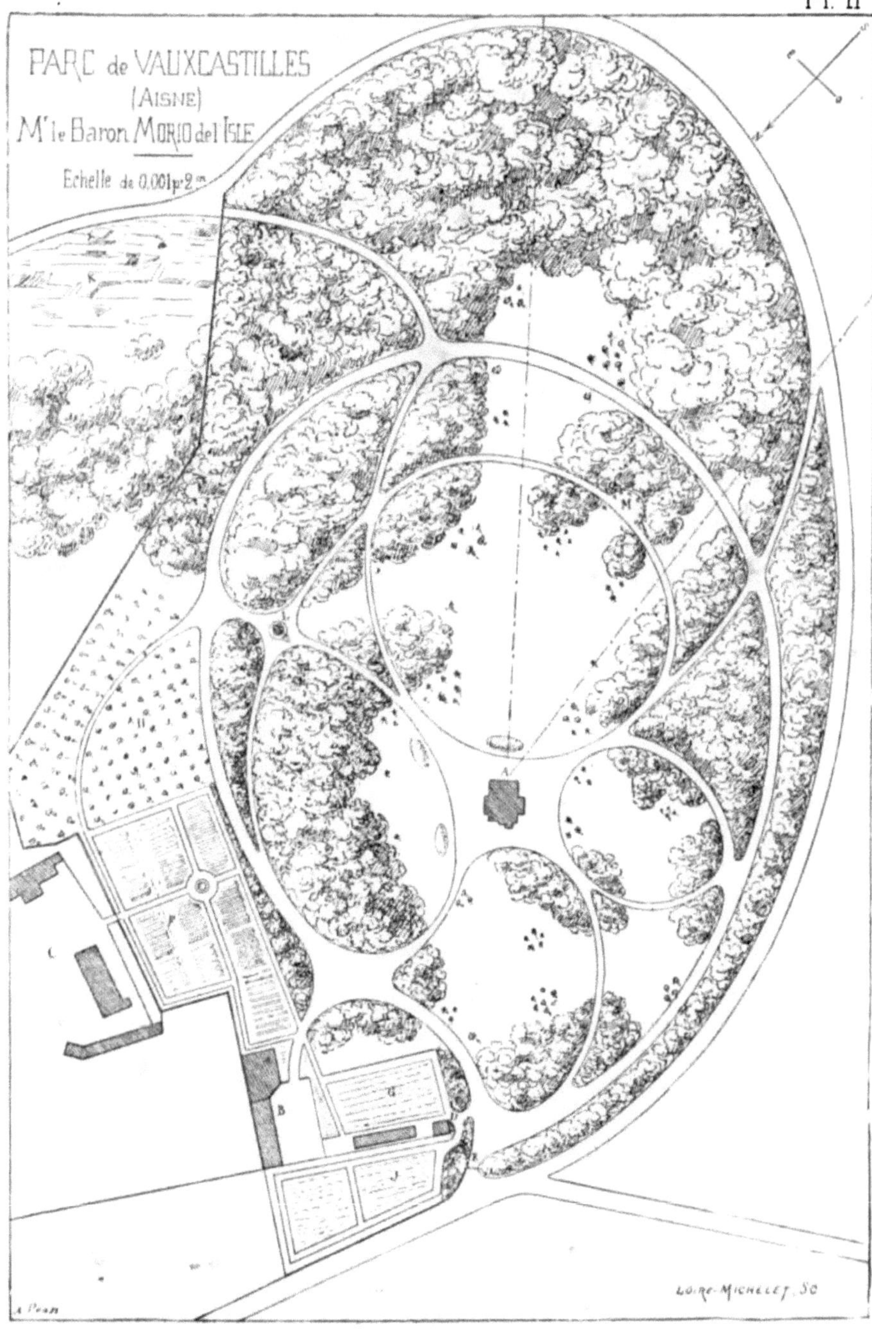
PARC de VAUXCASTILLES
(AISNE)
M' le Baron MORIO de l'ISLE
Echelle de 0,001 p' 2.m
LOIRE-MICHELET, SC

sur une étendue d'un hectare dix ares. — Le jardin actuel s'étend, en partie, sur le revers des fortifications de Soissons ; il est compris entre la Crise, la route de Soissons à Château-Thierry et l'avenue de la gare, sur laquelle s'ouvre l'entrée principale. Il ne possède aucun édicule, les règlements du génie militaire s'y opposant ; règlements tellement absolus, que, dans l'École d'arboriculture qui y est adjointe, on n'a pu obtenir l'autorisation nécessaire pour construire les murs des espaliers.

Le sol de ce terrain, composé en grande partie de gravier d'alluvion a dû être complétement transformé. Les bords de la Crise nous ont fourni la quantité de bonne terre nécessaire. Les difficultés n'ont donc consisté que dans la façon économique d'effectuer *ces remplacements*. Ce jardin tire son importance des collections variées qu'il renferme pour un enseignement indispensable, dans un arrondissement où le goût de l'horticulture est si répandu. C'était, pour Soissons, l'auxiliaire dont ne pouvait se passer M. E. Lambin pour ses savantes leçons.

PLANCHE II.

DOMAINE DE VAUXCASTILLE

(AISNE).

PROPRIÉTE DE M. LE BARON P. MORIO DE L'ISLE.

LÉGENDE.

A. Château.
B. Communs.
C. Ferme.
D. Entrée secondaire.
E. Entrée principale.
F. Potager.

G. Cultures.
H. Verger.
L. Welingtonia.
J. Potager annexé.
K. Carrière en exploitation.
M. Salle verte.

Cette propriété taillée dans un immense domaine de cinq ou six cents hectares, présente un enclos d'environ dix hectares. Le terrain, très-accidenté, offre l'aspect d'un tronc de cône rattaché à un plateau supérieur, vers le nord. Lorsque les travaux nous ont été confiés, le terrain était absolument dénudé de végétation. La partie Est n'offrait que quelques genévriers à l'état sauvage; le château en construction avait ses chantiers couvrant toute la partie Sud; la ferme, au mur de laquelle le parc est adossé, à l'Ouest, n'avait aucun aspect pittoresque dont il fût possible de tirer parti. Le sol, argilo-siliceux sur le plateau et calcaire sur ses flancs, était exploité en carrières fournissant du caillou propre à l'empierrement des routes. Tout était par conséquent à faire, jusqu'aux voies pour donner accès à la propriété.

Nos travaux ont porté sur trois points principaux : l'établissement du parc, du potager et du verger. Il n'y avait pas à changer la configuration du terrain; il ne s'agissait que de le couper d'allées viables. Les terrassements ont donc principalement porté sur l'établissement de ces allées et sur la régularisation de leurs abords; dans l'intérieur des massifs, il a fallu laisser à la végétation le soin d'en masquer les accidents naturels pour ne pas entrer dans des dépenses auxquelles le résultat n'eût pas été

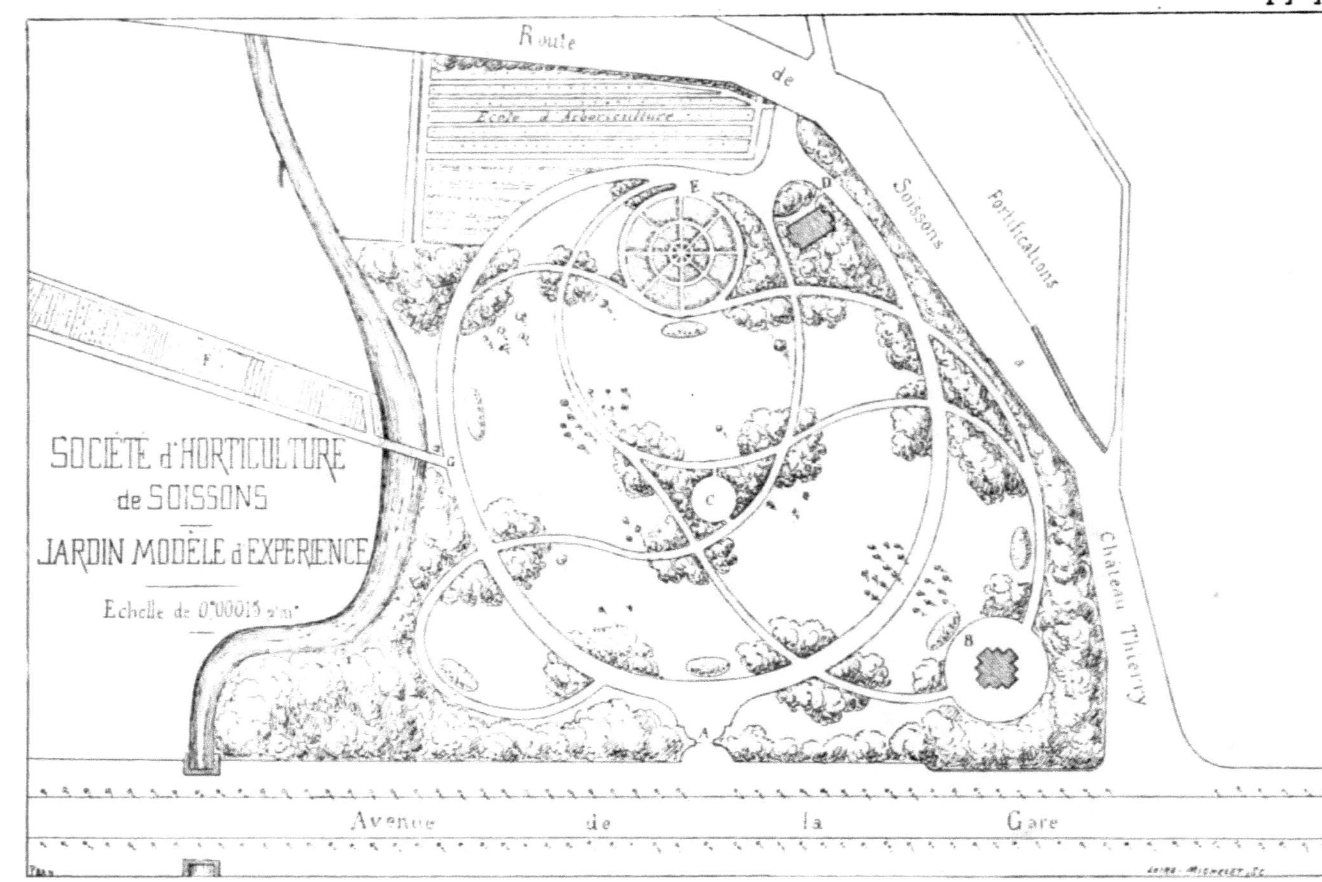

Route
de
Soissons
Fortifications
Château Thierry
École d'Arboriculture
SOCIÉTÉ d'HORTICULTURE
de SOISSONS
JARDIN MODÈLE d'EXPÉRIENCE
Echelle de 0,00015 p.m.
Avenue
de
la
Gare
A
B
C
D
E
F

proportionné. Dans les parties non excavées, vers le nord, il y avait assez de bonne terre pour obtenir une végétation suffisante, sinon brillante. Nous avons planté les parties boisées en essences forestières, nous bornant à border le contour des massifs de deux rangs de plantes d'ornement. Sur les parties calcaires du Nord-Ouest, nous avons largement usé des conifères de toutes les espèces.

Le réseau concentrique des allées était commandé par la forme du terrain qui nous obligeait à nous maintenir, le plus possible, à flanc de coteau, évitant les lignes de plus grande pente, et reportant le raccord des allées circulaires vers le Nord-Ouest, où le mouvement du terrain est moins rapide. Il y avait peu de difficulté à ménager des vues : au contraire, elle résidait plutôt à éviter l'éparpillement des rayons visuels pour les diriger seulement sur les points intéressants.

Vers l'entrée, nous avons eu à déplacer un chemin communal. Sur l'ancien emplacement, nous avons établi la partie de potager J qui était, croyons-nous, la meilleure façon d'utiliser ce terrain, situé en dehors de la propriété, derrière les communs.

Un des plus graves inconvénients de la proximité de la ferme, située en contre-haut de l'ensemble du parc, était de recevoir la totalité de ses eaux. Le meilleur moyen d'y remédier fut d'en tirer parti, en les emmagasinant dans un réservoir souterrain établi en meulière et ciment ; nous l'avons placé sous le grand massif situé au nord du château, d'où un système de rigoles d'irrigation distribue ces eaux fertilisantes sur l'ensemble des pelouses de la partie Est, naturellement aride. Ce qui était une gêne est devenu une richesse et permet d'avoir de plantureux gazons.

PLANCHE III.

DOMAINE DE VIERZY

(AISNE)

PROPRIÉTÉ DE Mme COCTEAU.

LÉGENDE.

A. Château.
B. Communs actuels.
C. Communs anciens.
D. Entrée principale.
F. Église.
F. Maison du jardinier.
G. Kiosque.
H. Potager.
A. U. Grande percée.
X. G. Vue sur le kiosque.
T. V. Percée secondaire.
G. Y. Vue sur la campagne.

Cette propriété a une superficie d'environ quinze hectares. Ce n'était presque qu'un bois d'arbres magnifiques. Le sol, vers le château, est très-accidenté. Notre première opération a été de reporter en dehors un ancien chemin communal qui entrait dans l'enclave actuelle près des communs primitifs C., pour sortir vers le sentier en lacet, X. Le château se trouve tout à fait sur la limite d'une crête; son raccord avec la nouvelle route est des plus escarpés; nous avons dû boiser toute cette partie. Du côté du parc, le terrain remonte vivement jusqu'aux communs B., à partir desquels le plateau s'élève doucement. Le sol était excellent. Notre travail a consisté à tailler dans la forêt les grandes percées qu'on voit sur le croquis ci-contre; déplorant de ne pouvoir donner plus d'unité, puisque les communs en B, placés antérieurement à nous, étaient à masquer.

Le potager et le verger qui lui est adjoint n'ont demandé

Pl. III
PARC de VIERZY 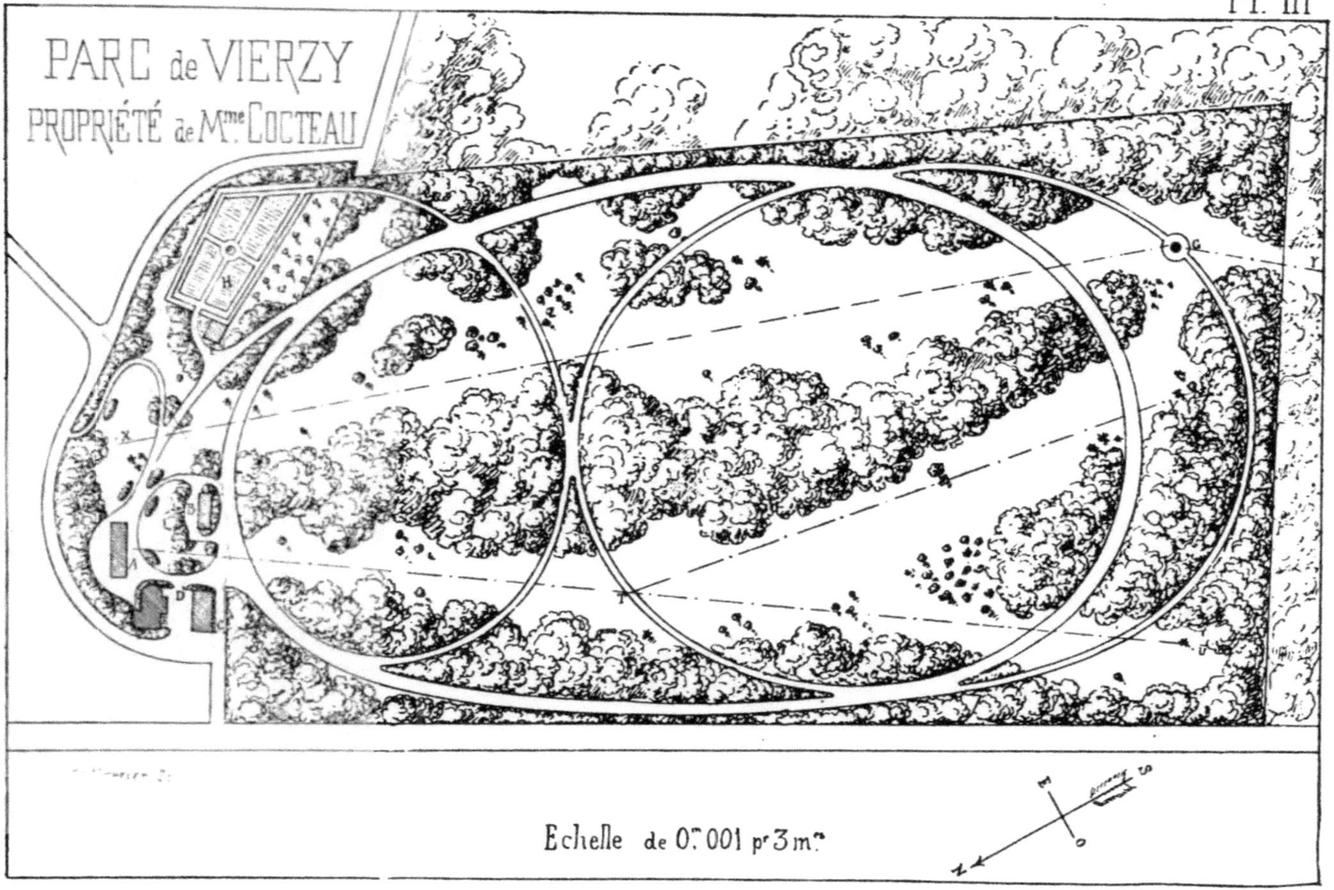
PROPRIÉTÉ de Mme COCTEAU
Echelle de 0.001 pr 3 m.

aucun effort spécial; ce n'étaient que des aménagements à faire.

Du kiosque G, qui est le point haut de la propriété, la vue s'étend jusqu'à l'horizon.

PLANCHE IV.

PROPRIÉTÉ DE M. A. TISSERANT

SISE A CLERMONT (OISE).

LÉGENDE.

A. Entrée des communs.
B. Tunnel reliant le potager.
C. Habitation.
D. Salle de billard.
E. Concierge. — *e.* Water closet.
F. Entrée principale.
G. Communs.
H. Basse-cour.

I. Orangerie.
J. Serre.
K. Kiosque.
L. Pièce d'eau.
M. Salle verte.
N. Rocher.
R. Rivière.

La surface dont nous pouvions disposer n'était que d'un hectare soixante-neuf ares, y compris un potager de trente-neuf ares, situé en dehors. La propriété occupe le versant nord de la montagne de Clermont. Du côté de la route du chemin de fer et de la ruelle des Limaçons, le terrain se relève rapidement et tient la propriété en contre-bas. Le sol, argileux par places, sablonneux dans d'autres, était complétement nu. Ici, nous avons tout créé. Les bâtiments ont été placés de concert avec l'architecte ; leur emplacement a été subordonné à l'étendue du terrain et au jardin. Les mouvements de terre, se sont élevés à 9,013 mètres cubes, ce qui est considérable relativement à une surface de 13,700 mètres seulement dont nous pouvions disposer, en agrément. Le terre-plein de la maison est entièrement en remblais; c'était un trou: nous avons dû faire 2^m,45 d'apport dans les caves ; autour des murs extérieurs de l'habitation, le remblai s'élève à 4^m,50. La rivière et la *flaque* d'eau qui la termine en L, avec une forme assez peu gracieuse sur le croquis, était commandée par la déclivité du terrain; on ne pouvait s'étendre : nous étions en pays de montagnes. Autour de nous, le rocher se montrant à nu partout, nous avons pu,

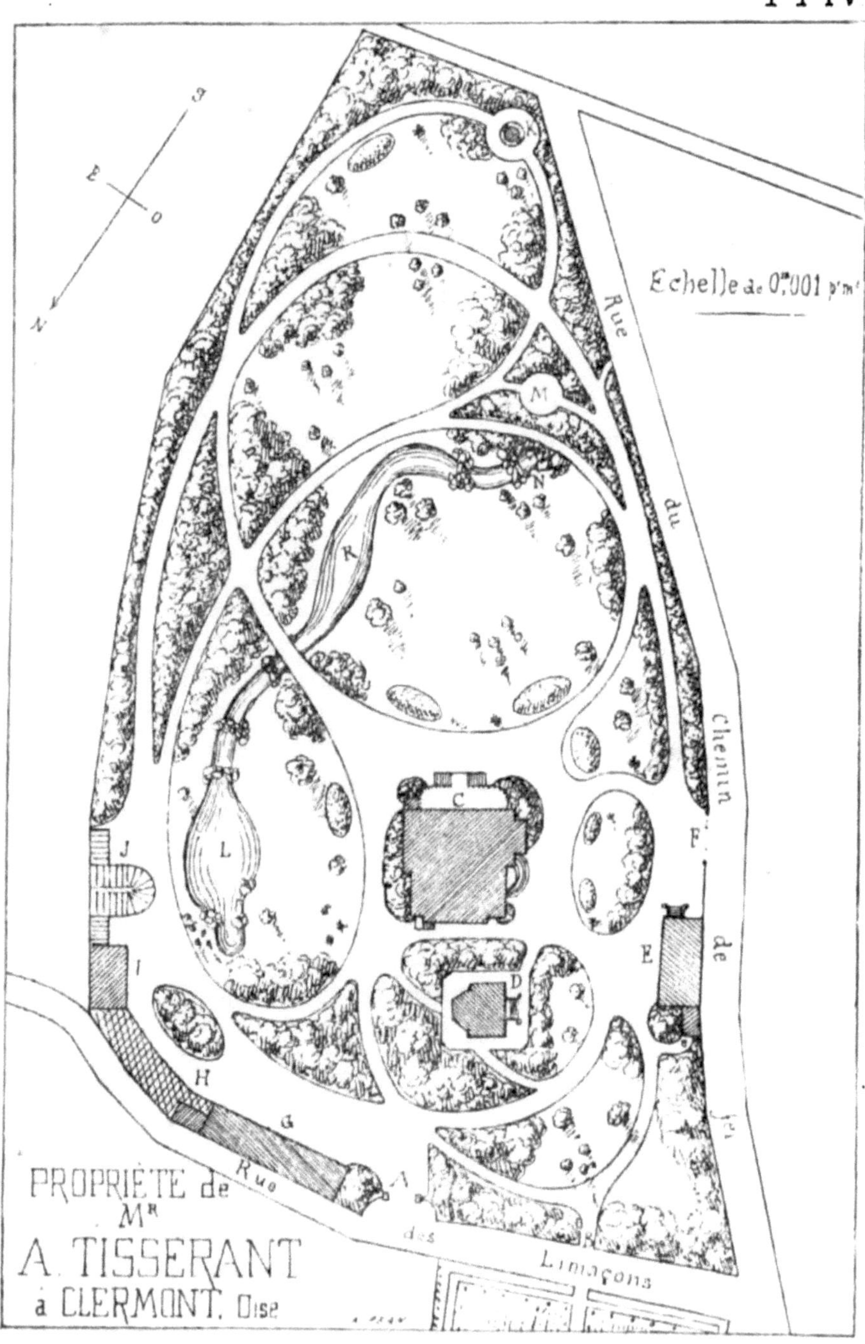

Echelle de 0."001 p.m.
Rue
du
Chemin
de
fer
Rue
des
Limaçons
PROPRIÈTE de
M.R
A. TISSERANT
à CLERMONT. Oise
N
E
O
S
K
M
N
R
C
D
J
L
I
H
G
E
F

sans faire violence à nos principes, établir quelques enroche-
ments qui sont d'un assez bon effet. Le pont n'est, en quelque
sorte, qu'un barrage en rochers dans lequel les eaux se
seraient ouvert un passage.

Pour relier le potager, la ruelle des Limaçons se trouvant
en contre-haut, nous avons pu établir un petit passage en
tunnel qui, avec son revêtement de rocaille et de plantes
grimpantes, est devenu un objet de décoration.

Les plantations ont été importantes ; nous avons trans-
planté, au chariot, des marronniers dont le tronc n'avait pas
moins de 0^m,60 de diamètre. La plupart des autres arbres
mesuraient de 0^m,20 à 0^m,40. Les conifères, dont un assez
grand nombre a été apporté en bac, avaient de 5 à 6 mètres
de hauteur. Aussi ce jardin, établi il y a à peine un an,
offre-t-il déjà un assez brillant aspect.

Le potager était entièrement à faire, depuis le défoncement
du sol pour son aménagement jusqu'à la construction des
murs des espaliers.

PLANCHE V.

PARC DE LESDINS

PROPRIÉTÉ DE M. E. CHAUVENET.

LÉGENDE.

A. Château.
B. Écuries et remises.
C. Entrée.
D. Rond-point de verdure.
E. Potager en terrasse.

G. Escalier au potager.
I. Sentier d'accès du potager.
L. Mur de soutènement de terrasse.
M. Sorte d'étang formé par la Somme.

Cette vieille propriété a donné lieu à peu de travaux.

De l'ancien château, il ne restait plus vestige. Le terre-plein actuel a été établi sur l'emplacement d'une ferme détruite par un incendie. C'est avec les gravats en provenant que nous avons dû vallonner les pelouses et les massifs, en recouvrant le tout d'un peu de terre végétale.

Une des anciennes terrasses limite le parc, l'autre a été convertie en jardin potager; au pied, coule la Somme.

Pour points de vue, les clochers des villages de Lesdins et de Renancourt, du côté opposé.

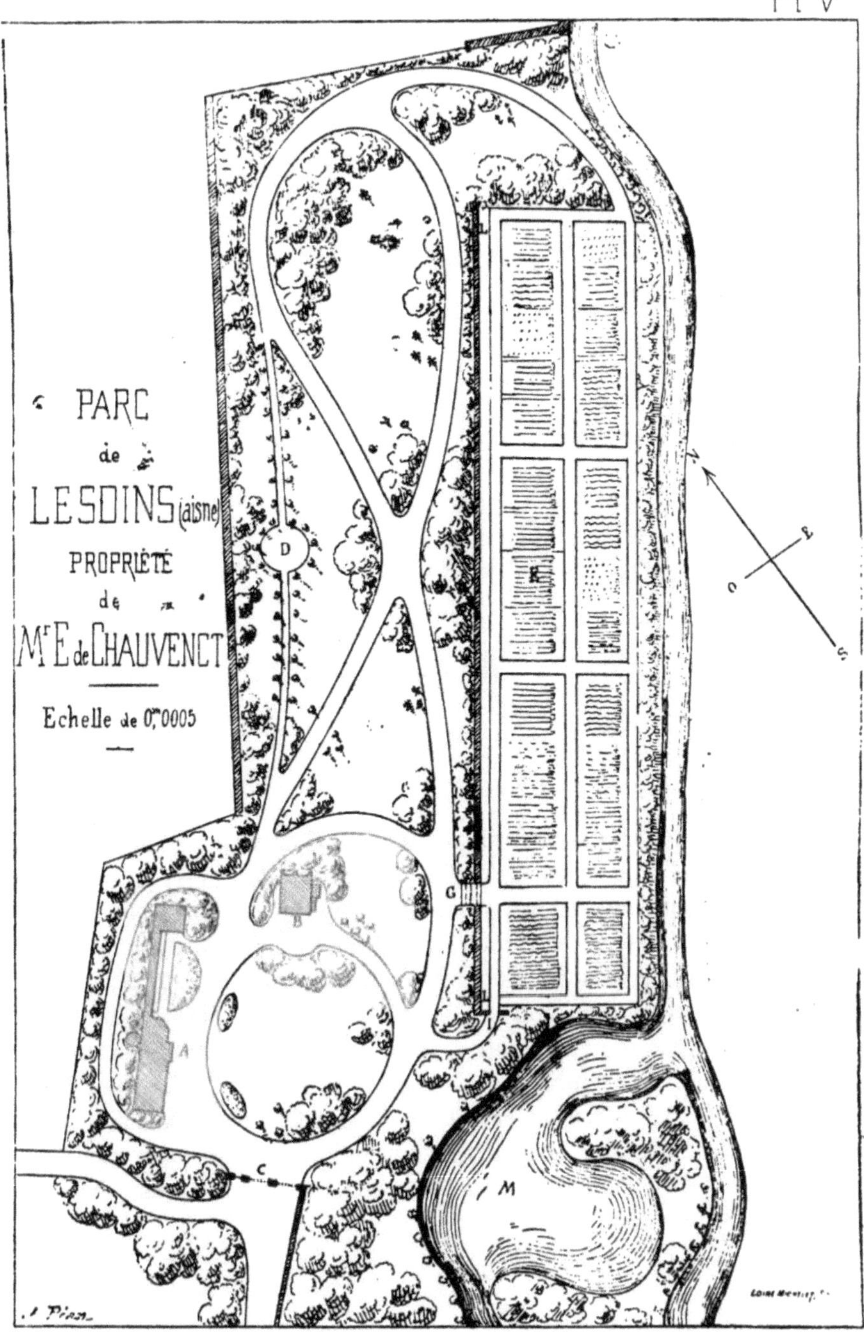
PARC
de
LESDINS (aisne)
PROPRIÉTÉ
de
Mr E de CHAUVENCT
Echelle de 0m0005
D
A
C
G
M

PLANCHE VI.

PARC DE ROBÉCOURT

(SOMME)

Lorsque le possesseur actuel de Robécourt nous fit appeler, la propriété était loin d'avoir l'aspect que traduit notre croquis. Les constructions ne consistaient qu'en un modeste château entouré de fossés ou *douves*. L'entrée était par la cour de la ferme avec un potager attenant au bâtiment. Le reste du terrain, bien que possédant des arbres magnifiques et une haute futaie coupée d'allées droites, à la française, n'offrait aucune conception d'ensemble digne d'être restaurée. Tout était à faire : à M. Ch. Cherier, architecte à Saint-Quentin, est échue la tâche de remplacer l'ancienne habitation par un somptueux château et de construire toutes les dépendances ; à nous, celle de transformer le parc.

PROPRIÉTÉ DE M. E. DEHAUSSY.

LÉGENDE.

A. Pont d'accès à la grille d'honneur.
B. Entrée des communs.
C. Entrée du parc.
D. Château.
E. Communs.
F. Serre.
G. Orangerie.
e.f. Jardinier-concierge.
I. Kiosque.
J. Carrefour octogonal.

K. Jardin fruitier.
L. Étoile.
M. Salle verte.
N. Gros chêne.
O. Lac supérieur.
P. Lac inférieur.
Q. R. Rivières.
S. T. Iles.
U. Pont de rochers.
V. X. Y., etc. Ponts divers.

Ce terrain, à peu près plat, enclos de fossés, dont ceux longeant la route ont été seuls conservés et restaurés, occupe une surface d'environ 16 hectares. Notre première préoccupation a été d'assainir le sol qui était tellement humide que, dans les années fraîches, il fallait attendre l'action du soleil avant de pouvoir faire la récolte des foins. Le terre-plein du château a donc été formé par un apport considérable de terre, qui ne s'est pas élevé à moins de 25,000 mètres cubes, avec les raccordements.

Le système concentrique de nos allées nous a été, en quelque sorte, commandé par les allées françaises rayonnantes qu'il fallait conserver en les desservissant.

Nous nous sommes appliqué, autour de l'habitation, à équilibrer nos figures et à donner de l'intérêt et de la variété, les perspectives lointaines attirant peu les regards.

Le système de pièces d'eau et rivière, indiqué au croquis, devait animer et mouvementer ce sol malheureusement un peu plat, et répartir les effets.

Les plantations que nous avons faites ont été importantes : encore là, notre préoccupation a été la variété, ayant à lutter

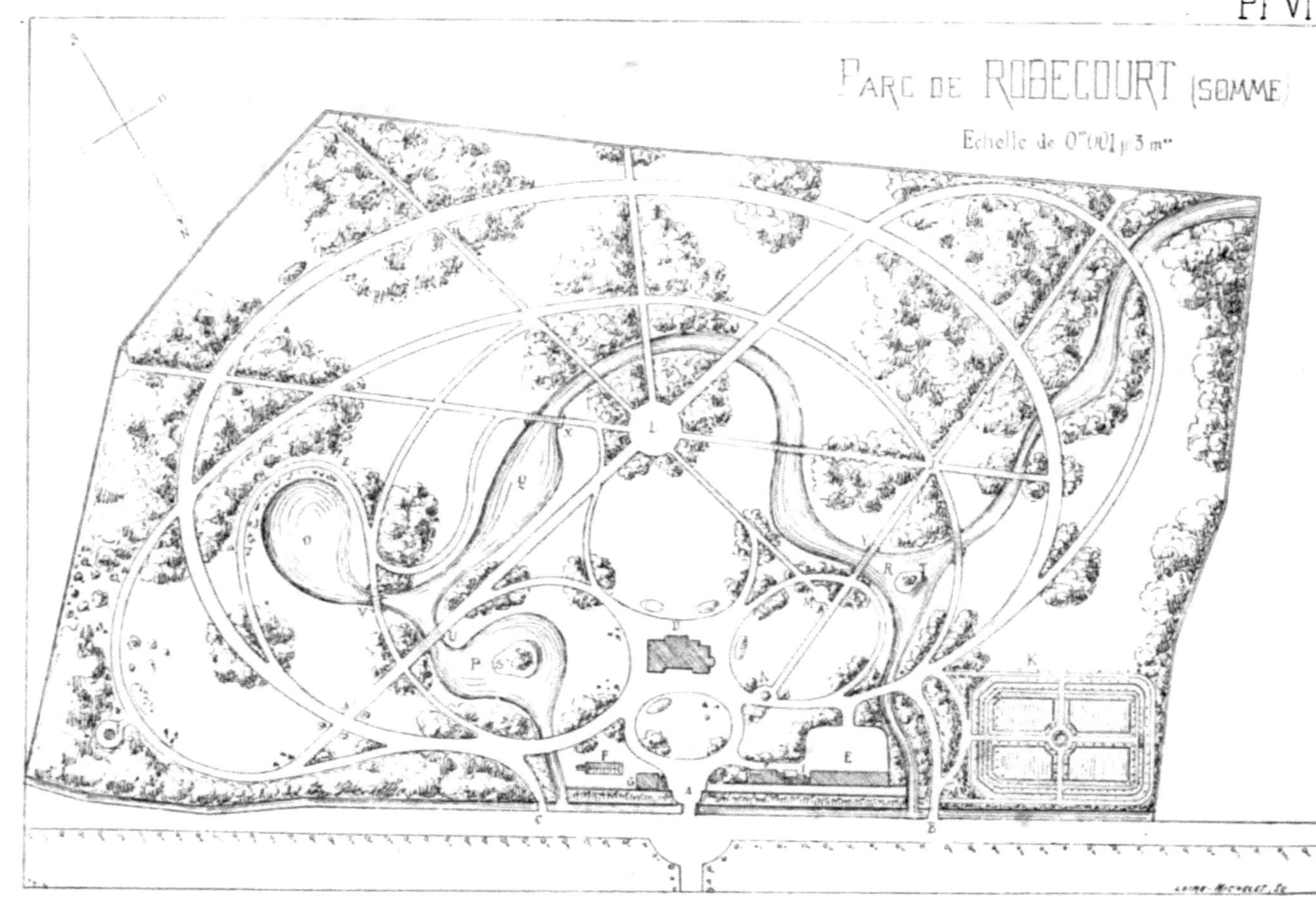
Pl VI
Parc de Robécourt (Somme)
Echelle de 0ᵐ001 p 3 mᵉᵗ

contre des masses en essences forestières, forcément un peu uniformes.

Chaque massif, aux environs du château, a donc été composé d'une espèce ou variété de plantes différentes. Le potager ou plutôt le jardin fruitier, sur lequel nous demandons à nous étendre un peu, est situé au nord du château, à l'angle du parc.

PLANCHE VII.

JARDIN FRUITIER DE ROBÉCOURT

LÉGENDE.

A. Rangée d'arbres à tiges.
B. Entrée principale.
D. Pavillon de repas.
E. Murs d'espaliers.
S. F. H. Plates-bandes intérieures et extérieures.

K. P. Contre-espaliers.
L. L. Poiriers en pyramides ailées.
M. N. Arbres-tiges alternés de pommiers en gobelets.
V. Y. Entrées latérales secondaires.

Ce jardin fruitier laisse un peu d'espace à la culture maraîchère. Son exposition, du nord au sud, permet d'utiliser deux faces de ses murs. Du côté de l'entrée, il est fermé seulement d'un bahut, à hauteur d'appui, surmonté d'une grille ; ce qui laisse l'intérieur accessible à la vue des promeneurs du parc.

Les raisons qui nous ont amené à choisir cet emplacement sont sa proximité des communs et de l'habitation du jardinier, la richesse exceptionnelle de son sol, et la facilité de l'assainir par des drainages, étant entouré de fossés et de pièces d'eau sur trois côtés de son périmètre. La contenance de ce fruitier est d'environ 6,500 mètres. Comme dispositions intérieures, c'est la croix traditionnelle avec son bassin au centre servant aux arrosages. De chaque côté des carrés, dans le sens de la longueur, les plates-bandes de deux contre-espaliers, une allée de pourtour, une plate-bande de trois mètres de large au pied des murs d'espaliers servant de clôture, et enfin une plate-bande extérieure de même largeur. Une allée de ceinture, également de trois mètres, dessert le fruitier et le relie au parc.

Les murs des espaliers ont 1ᵐ,20 de fondation, 3 mètres du sol au chaperon, lequel fait saillie de 0ᵐ,16 suivant la règle établie. L'allée de pourtour est bordée, de chaque côté, de cordons horizontaux de pommiers. Les allées formant la croix ont reçu une plantation d'arbres tiges, alternés de pommiers en

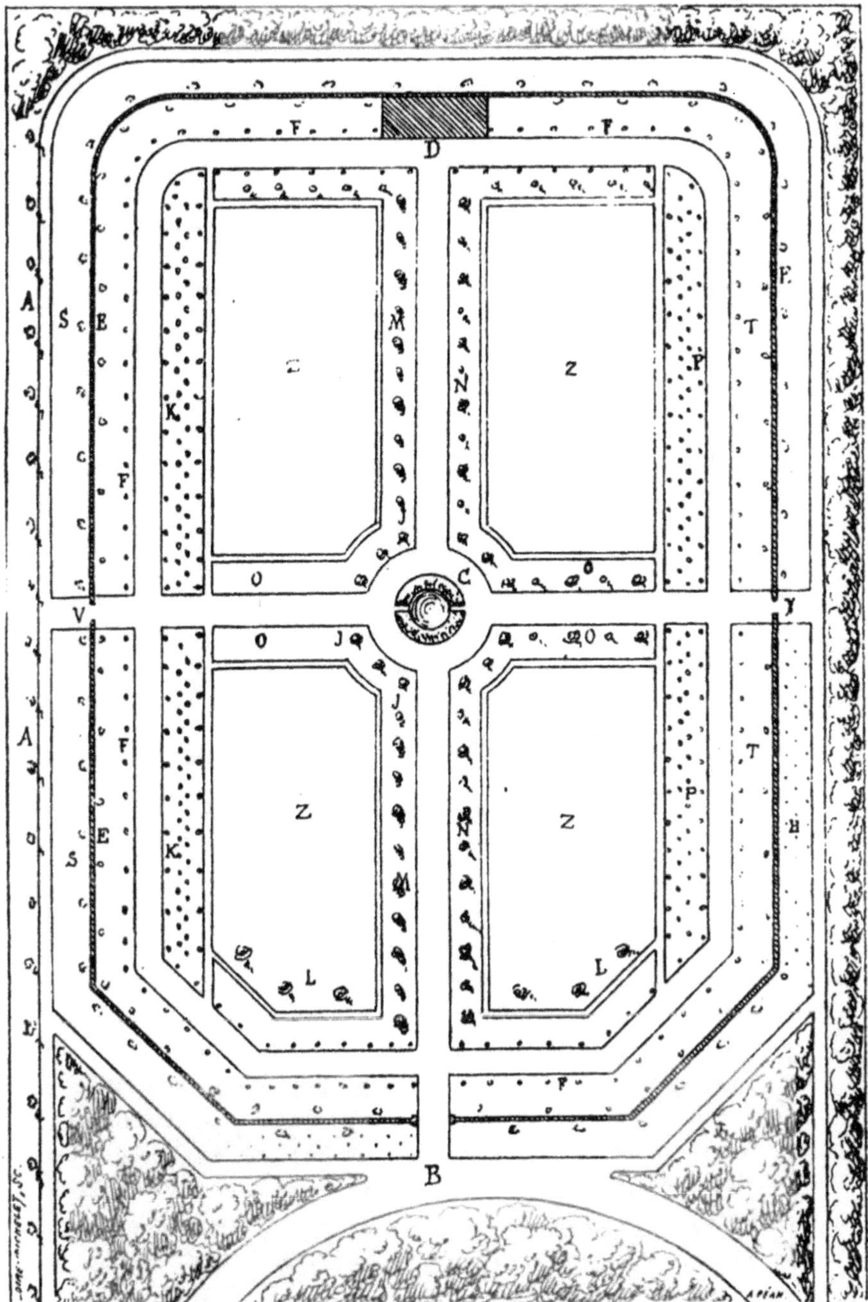

F
D
F
A
S
E
F
K
Z
M
N
P
T
F
V
O
C
O
J
A
S
E
F
K
Z
Z
P
T
H
L
L
P
B

gobelets. Autour du rond-point central, entre les pommiers, sont des cerisiers en pyramides; au fond, des palmettes simples. Les allées du milieu se trouvent ainsi recevoir un peu d'ombrage des arbres tiges, sans que les autres plantations aient à en souffrir. Les pommiers des cordons sont plantés à deux mètres. Cette distance convenait à un sol aussi riche; dans d'autres conditions, on devrait donner moins d'écartement. La plate-bande de trois mètres, au pied des espaliers, peut paraître un peu large; mais nous lui avons assigné cette dimension, avec intention, désirant l'employer comme il suit : les cordons occupent $0^m,40$; le long du mur, nous avons laissé $0^m,50$ pour les arbres de l'espalier, et un sentier de même largeur pour le service. La largeur de $1^m,60$ qui reste est réservée pour être cultivée en primeurs qui, au pied des murs, recevront la chaleur et seront abritées. Afin de conserver la fraîcheur en été et d'empêcher l'action du froid en hiver, on a le soin de tenir constamment couvert d'un paillis et la terre au pied des arbres, et le petit sentier de service. Cette largeur de plate-bande nous a aussi semblé avantageuse, faisant paraître nos murs d'espaliers moins hauts; voulant les tenir à trois mètres car, on le sait, la zone, ras le sol, est peu productive; sur une hauteur d'environ un mètre, il n'en restait donc que deux dont le produit fût assuré.

Nous avons adopté pour les contre-espaliers, qui sont de même hauteur que les murs, une disposition encore assez peu répandue et qui mérite quelques mots.

Ces contre-espaliers, établis à $6^m,50$ des murs, sont composés de sept rangs de fils de fer galvanisé, disposés suivant deux plans verticaux distants de $0^m,20$ environ; les fils sont espacés de $0^m,40$, et tendus sur des traverses en fer, portées par des montants de distance en distance. C'est donc une colonne d'air de $0^m,20$ qui circule librement d'un bout à l'autre des deux rangs d'arbres. De petites tringles en sapin de $0^m,012$ sont placées verticalement sur les fils horizontaux et disposées suivant la forme qu'on désire donner à l'arbre; nous les avons placées à $0^m,30$. Le prix d'une plantation de ce genre est plus élevé que celui de l'ancien système, mais la dépense est compensée par les avantages. Une fois le contre-espalier ainsi établi, la terre étant défoncée depuis quelque temps, la plantation est toute indiquée. Nous l'avons faite dans ce fruitier avec des sujets à deux séries en palmettes à cinq branches.

Ce genre de plantation devient très à la mode, ayant l'immense avantage de faire gagner quelques années.

Pour terminer, indiquons l'emploi que nous avons fait des murs des espaliers :

La face au couchant a été plantée en poiriers de variétés demandant l'abri du mur. Celui du midi a reçu des abricotiers ; celui faisant face au levant dés pêchers. Dans les angles arrondis, on a mis la vigne comme devant y être le mieux abritée. La face extérieure des murs, sur tout le pourtour, a reçu des sujets de différentes variétés en palmettes à trois et quatre séries, établies en grandes formes. Les plates-bandes extérieures ont été réservées aux collections de groseillers et de framboisiers.

Autour du jardin, et comme pour le relier au parc, nous avons groupé les noisetiers, les châtaigniers, les néfliers, les noyers, cornouillers, épines vinettes, etc., etc. ; c'est le département des fruits.

PLANCHE VIII.

SOCIÉTÉ D'HORTICULTURE DE SENLIS

JARDIN BOTANIQUE ET ÉCOLE D'ARBORICULTURE.

LÉGENDE.

V. Entrée.	B. Kiosque.
L. Habitation du professeur.	R. Rocher.
M. O. P. Lignes d'arbres fruitiers.	D. Rivière avec barrages.
A. Salle de verdure.	C. Pièce d'eau.

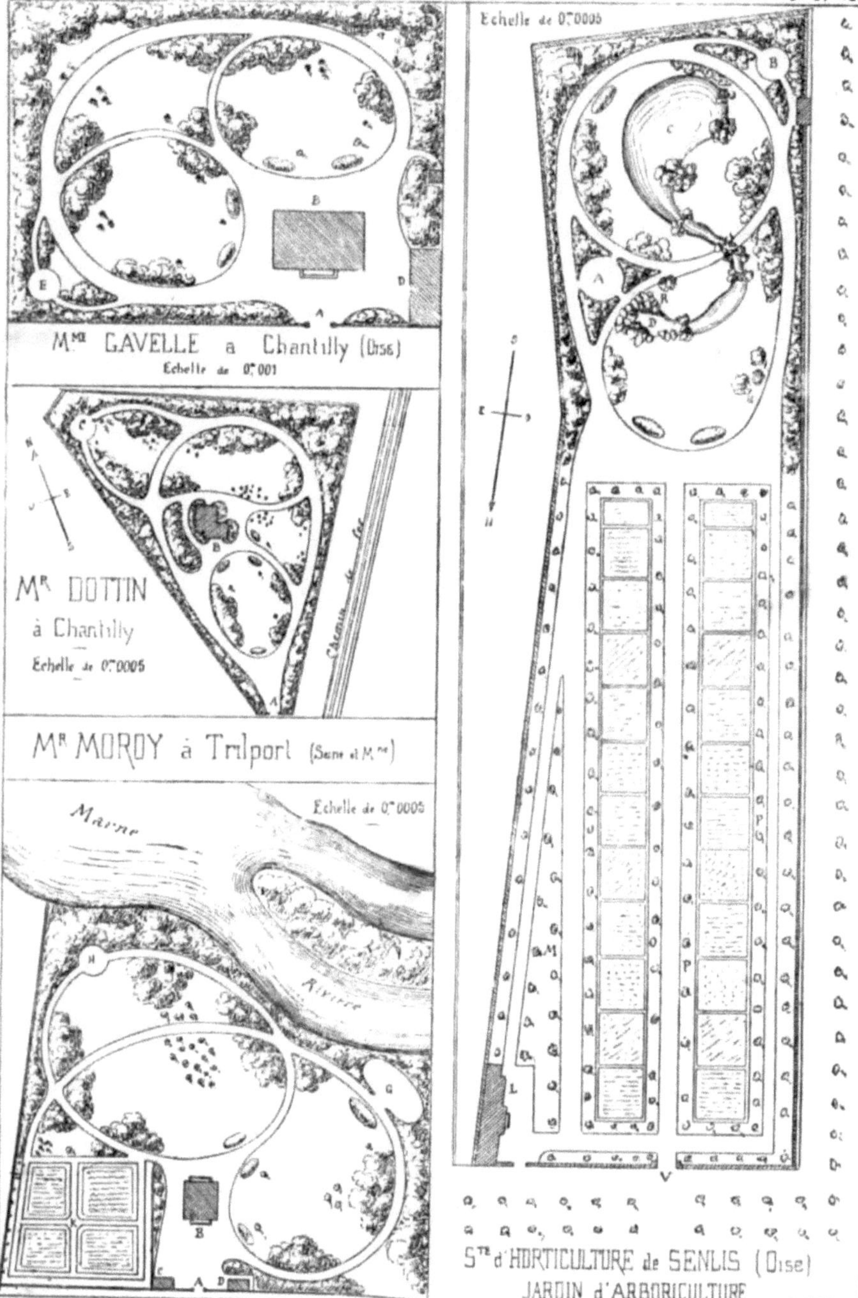
Echelle de 0,0005
Mᵐᵉ GAVELLE a Chantilly (Oise)
Echelle de 0,001
Mʳ DOTTIN
à Chantilly
Echelle de 0,0005
Mʳ MOROY à Trilport (Seine et Mᵐᵉ)
Echelle de 0,0005
Marne
Rivière
Chemin de fer
Sᵗᵉ d'HORTICULTURE de SENLIS (Oise)
JARDIN d'ARBORICULTURE
A. PEAN

PROPRIÉTÉ DE M. DOTTIN A CHANTILLY.

LÉGENDE.

A. Entrée.
B. Habitation.
C. Salle verte.

Nous donnons ce croquis au point de vue du parti qu'on peut tirer d'un terrain triangulaire. Ce projet nous a semblé assez intéressant comme cas particulier.

PROPRIÉTÉ DE M. MOROY A TRILPORT (SEINE-ET-OISE)

LÉGENDE.

A. Entrée.
B. Habitation.
C. D. Petits communs.

G. Salle de gymnastique.
H. Salon de verdure.
K. Potager.

PLANCHE IX.

PARC DE VIC-SUR-AISNE

PROPRIÉTÉ DE M. GRÉHAN.

LÉGENDE.

A. Habitation.
B. Communs.
C. Entrée principale.
D. Entrée de service.
E. Poulailler.
F. Lavoir
G. Salle de verdure
H. Pièce d'eau.
I. Serre flanquée de tourelle.
J. Culture.
M. Potager.
K. Espalier.

Cette propriété se trouve être composée de trois autres. La déclivité du terrain est très-accusée et a déterminé des terrassements assez importants, dans certains endroits. Par exemple, l'extrémité de la dernière pelouse, vers le sentier conduisant à la serre, il y a eu jusqu'à 5^{m},75 de déblais. Les travaux n'ont pas été sans importance. Nous avons eu à rechercher et capter des sources pour alimenter la pièce d'eau; nous les avons trouvées près de la serre, et conduites au rocher, au moyen d'un aqueduc de grande dimension. Le potager a aussi donné lieu à des terrassements importants; vers l'extrémité, il y a plus de 2 mètres de remblais.

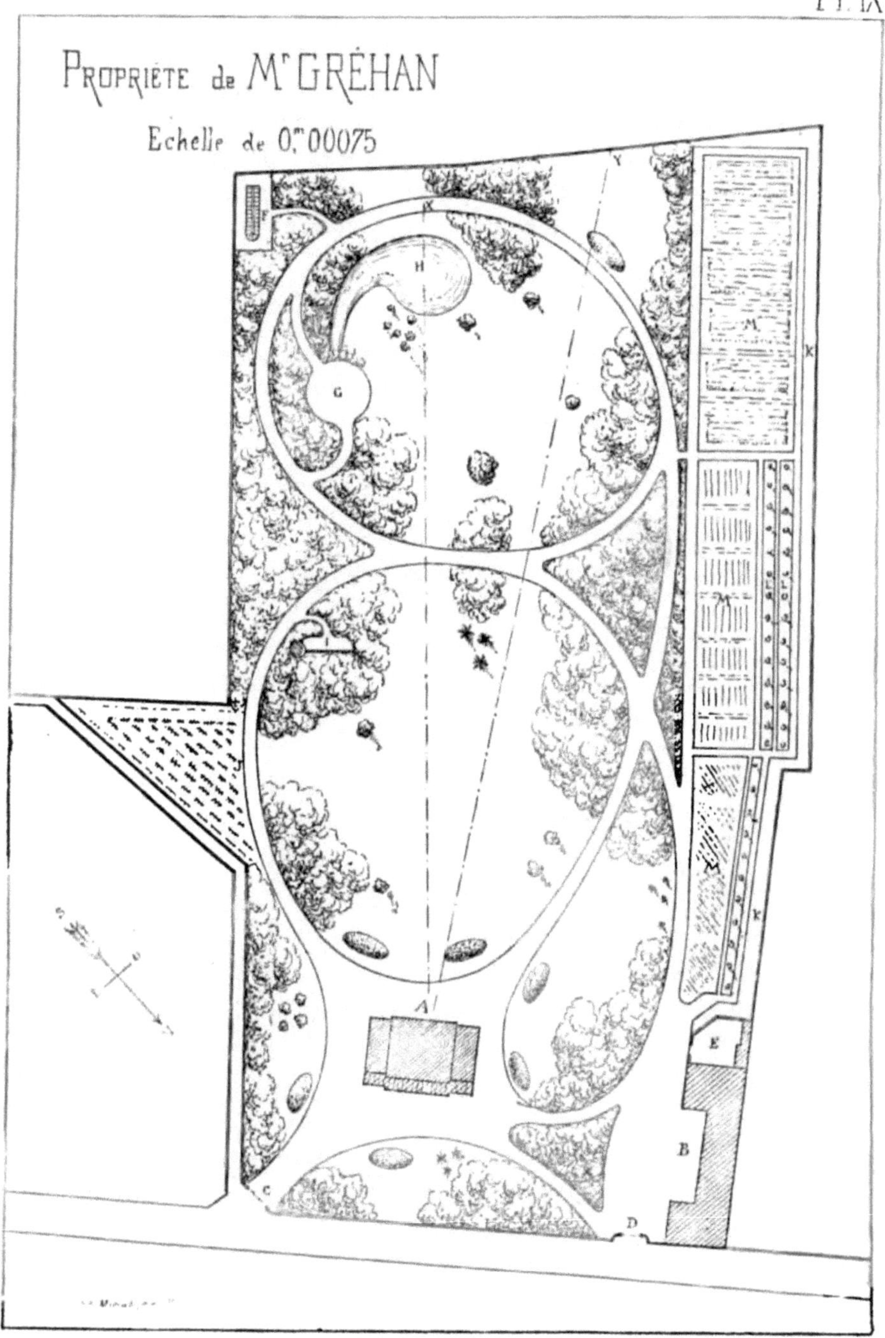
PROPRIÉTÉ de Mr GRÉHAN
Echelle de 0m 00075
H
G
Y
X
M
K
A
E
B
C
D

Nous avons fait construire le kiosque, la serre et sa tourelle gothique adossés à un énorme massif de terre qui l'abrite des vents du nord. Ce monticule est planté de pins, ne laissant apercevoir, de l'habitation, que les créneaux de la tourelle. Nous avons également établi une canalisation permettant d'arroser à la lance dans toutes les parties de la propriété.

PLANCHE X.

CONSTRUCTION RUSTIQUE

EN BOIS GRUME

Nous ne donnons le croquis, ci-contre, qu'afin d'avoir à mentionner l'important parti qu'on peut tirer de ces fabriques, dans la décoration de nos parcs et jardins. Nous croyons qu'il est bon d'apporter un goût très-sobre dans le choix et la construction de ces édicules qui, de nos jours, sont si à la mode. Nous préférons de beaucoup l'emploi des bois grume, avec couverture de chaume, aux bois découpés dont les établissements publics, tels que cafés et restaurants, font un si grand abus. Ceux en fer sont maigres, et présentent un caractère artificiel qui nous les fait généralement proscrire.

Du reste, nous tenons à déclarer ici que nous ne sortons jamais de notre rôle d'*architecte-paysagiste ;* à part les ponts et les serres, les kiosques, abris et autres constructions rustiques, d'un caractère purement décoratif, nous ne nous permettons jamais d'empiéter sur le domaine de l'architecte. *Les bâtiments et le paysage* sont deux choses différentes ; nos aptitudes nous cantonnent dans le champ de la nature et nous savons y rester.

PRINCIPAUX TRAVAUX

EXÉCUTÉS CHEZ MESSIEURS :

Achez, à Mouy (Oise).

Boisseau, à Marly (Seine-et-Oise).

Brassier, à La Morlaye (Oise).

Budin, à Mouy (Oise).

Vaillaut, à La Morlaye (Oise).

Blondeau (Mme), à Bucy-le-Long (Aisne).

Bouchard (A.), au château de Survilliers (Seine-et-Oise).

Baroux (P.), au château de Digeon (Seine-Inférieure).

Beudin, à Coucy-le-Château (Aisne).

Baudet (E.), à la Chapelle-en-Serval (Oise).

Chauvenet (E. de), ancien président du tribunal de Saint-Quentin, au château de Lesdins (Aisne).

Caumartin, au château de Beaurepaire (Aisne).

Chambrette, à Chantilly (Oise).

Champion, à La Chaumière (Aisne).

Cartier, à Survilliers (Seine-et-Oise).

Dhuique (Mme), à Survilliers (Seine-et-Oise).

H. de Cocqueray, à Soissons (Aisne).

Le marquis d'Auray, à Senlis (Oise).

A. Lecour, à Veimard (Seine-et-Oise).

Lacrois, à Orry-la-Ville (Oise).

Dubourg, maire de la Chapelle-en-Serval (Oise).

Daverne (Mme), à Villers-Cotterets (Aisne).

Dopsent, à Vailly (Aisne).

Deboves, à La Carrière (Aisne).

Dottin, à Chantilly (Oise).

Dehaussy de Robécourt, au château de Robécourt (Somme).

Dambry (Ch.), à Crépy-en-Valois (Oise).

Sainte-Marie du Roizel, au château D'Offoy (Somme).

Fontaines, à Saint-Médéart (Aisne).

Fouchard, à Chantilly (Oise).

Forzy, notaire, à Soissons (Aisne).

Gréhan, à Vic-sur-Aisne (Aisne).

Genot, à Survilliers (Seine-et-Oise).

Gavelle (Mme), à Chantilly (Oise).

Hutin, au château de Chavigny (Aisne).

Journel, maire de la ville de Chouny (Aisne).

Landry (Mme), à Dammartin (Seine-et-Marne).

M. Lecointe, à Chantilly (Aisne).

Lemaire (A.), à Soissons (Aisne).

Laperche, à Senlis (Oise).

Lemoine, à Trosly-Loire (Aisne).

Le vicomte de la Panouse, à Compiègne (Oise).

Le baron P. Morio de L'Isle, au château de Vauxcastille (Aisne).

Le baron H. Morio de L'Isle, au château de Belleu (Aisne).

Lecat, au moulin de Glennes (Aisne).

Matolet, à Chantilly (Oise).

Mennesson, à Chavigny (Aisne).

Bussières de Noiron (Mme), au château d'Arcy-le-Ponsart (Marne)

Petiteau, à Chantilly (Oise).

Perrot, à Compiègne (Oise).

Rommetin, au Plessy-Belleville (Oise).

Rouge de Montant, au château du Vignois (Seine-et-Marne).

Royer, à Plailly (Oise).

Riglet, à Belleu (Aisne).

Renouard, à Chantilly (Oise).

Salleron, au Pressoir (Aisne).

Sallanaon, à Villers-Cotterets (Aisne).

Thirion, à Senlis (Oise).

A. Tisserant, à Clermont (Oise).

Truchy, maire de Luzarches (Seine-et-Oise).

La Société d'Horticulture de Soissons (Aisne).

La Société d'Horticulture de Senlis (Oise), etc., etc.

FIN.